空が青くてこわかった

松本 侑穂

文芸社

目次

僕は落ちる

僕は跳ぶ
ここは橋の上
学校の屋上
クレーンに吊るされた鉄板の上
両足で蹴って落ちる
一瞬のGが僕を浮かせる
近づく地面が見える
落ちたらやはり痛かった
でも夢だから死なない
そんな事を思う
僕は夢の中で何度も死んだ

飛行場

誰を探しに行くのか
飛んで行くヘリコプターを
山に消えるまで
ずっとずっとずっと見ていた
草の生えた滑走路が
金網を隔てて緑地の横に延びる
子供の歓声から外れて
一日に四往復の旅客機が行った後には
植え込みの陰で鳥が鳴き交わすばかり
誰の夢の跡か
素知らぬ振りして
錆びれた看板を見ることなどないのだろう

蜃気楼

あれは蛤の吐いた気がつくった幻だと
君は遠い目をして言う
遥か海上の楼閣は
まるで僕らの未来
風に向かって砂丘を駆けおりる
何かが僕らの背を押す
大丈夫だよ
疲れたらここに来ればいい
風に吹かれて
砂に埋もれて

朧雲

あの雲は雨を呼ぶ雲だと
教えてくれた
君と一緒にこのまま
大人になるのだと思ってた
桜が散った埃っぽい土手は
人の足跡さえ残さない
風が吹けば目が霞む毎日
あの雲の呼び名を思い出させて

缶詰

裏の空き地の烏瓜の葎が
ごっそり払われて
湿った土に固められた
錆びた黄色い缶が出てきた
開けてはいけないよ
あのとき君らが詰めたのは
写真や答案用紙なんかじゃない
パイナップルの絵が囁く
懐かしい空気を吸うのは
未だ早いと

春のプール

教室をぬけだして
上履きのまま土手を歩く
トラックを見おろす桜が
君の髪に僕の肩に
水のないプールに
ひらひらと花びらを落とす
君がプールにあふれるくらいに散りつもった
花びらの中で泳ぎたいと言った
飛びこんでも痛くない
春に抱かれて

逆行

声を遮るガラス越しに
きみの目がさよならと告げる
夢の中でぼくは
あの日を何度も繰り返す
きみの手の温もりがなくならないのは
こんなに遠く離れてるからだ

再びの日

留守録に吹き込むきみの声を
息を殺して聞く
受話器をとらないのは
全てがきみだった毎日が
またやってくるのが分かってるからだ
きみから遠く離れて
あれから一度も会ってない

きみ住む町

朝　玄関でひとつ咳をして
きみを思い出した
昨日とどいた年賀状のせいだ
懐かしい文字が眩しくて
読むのがこわかった
雪が降らない街でぼくは暮らす
部屋の窓から見える冬の山も
きみがまだ住む町とは違う

ぼくに手紙を出す人は
今でもきみだけだ

別離

離れてしまうなら
毎日がこなければいいと
願い続けた
麗らかな春の光の中で
きみとの別れが
息をひそめる

告別

思い出すのは
ホームの端のきみの姿
きみが空に放り投げた
鮮やかなカナリア色が哀しかった
目を閉じても
つんとする香りが痛かった
もう二度と
戻らないと決めた日々

名残

ぼくがさしだした手を
そっと握って
うつむいたきみの目が
うるんだように見えた
この町を出ていくことを
少しだけ　悔いた
ぼくたちはまだ
立ちどまっていてはいけないだろうか
名ばかりの春のとなりで

懐郷

箱を開けたら
土の匂いがして
胸が軋んだ
ふいにこぼれた涙が
離れてた時間を思い出させる
君から届いたねこやなぎが
僕にささやく
帰っておいで
雪どけ道のぬかるみを

帰郷

久しぶりにあって
思わず涙ぐむきみ
帰郷しなかったのは
きみを忘れたからではなくて
懐かしい顔をみて
都会に帰れなくなるとわかってたから
きみの桜餅をかみしめたら
かすかな甘みが切なくて
もう一日だけいようと決めた

惜春

今度はいつ帰って来るのと
川面を飛び交う燕を見おろし
ぽつんと呟く
夏は遠いね　春なんて
言い淀んで投げた石が
僕の心にさざ波をつくる
街に帰れば切なくて
電話すらしない
川原を渡る風が髪を翻し
俯いた君の横顔を遮る
行く春が駆け足で
寡黙なふたりを急きたてる

孤独な惑星

彗星は塵や埃が燃える一瞬のまたたき
オーロラは太陽から吹く風が
地球の磁力に揺らいでいると
君が教えてくれたのはいつだったろう
この街では
星のまたたきさえ針の穴ほども見えない
人など紙きれ一枚の重さ
プラネタリウムのポスターが
会いにおいでと手招きする
惑星直列に胸踊らせ
金環蝕にくぎづけになった
あの頃の僕たちに

傘

雨あがり
水溜まりの中の青空を壊して歩いた
深呼吸しても不透明な空気
誰の傘か
知らない振りして
足早に通り過ぎ
電車がせわしく行き交う橋の下を
覗く人はいない
あの青い傘を拾いに戻ろうか
誰が拾っても
どういうことはないのだけれど

若葉のために

街を見おろせば箱庭のパノラマ
何もかもが見せ掛け　贋物の空間
身体さえ
宙に浮いては地に落ちる埃
アスファルト　コンクリート　リノリウム
干からびて息もできない
けれど足元を見おろせば
僅かな土の隙間に
名もない草木の若葉が芽吹く
花を咲かせても目をひかず
踏まれることさえない
ただ次の風にのせて
種をとばそうとしている

蟻

宇宙に住むのも夢ではないと
テレビや新聞が伝える
火星を地球みたいにするとか
みんな宇宙を見上げてる
靴を履いて土を忘れた足は
小さいものに気づかない
しゃがんでごらんよ
幾度も巣を崩されても
蟻たちは土を銜えて這い出てくる
地球に生まれて
生きることに疑問などない命
アポロが月に行っても
スペースシャトルが地球を回っても

名残雪

テレビのニュースが開花を告げる
窓の外は幸せしか知らない街
雨が降っても誰も気にしない
故郷では
まだやっと氷が溶けたころ
君からの便りが
別れを惜しんで降る雪の
温かさを閉じこめている
間にあうだろうか
花冷えの街をぬけだして
明日帰る僕をどうか迎えて

無人駅

線路の土手を覆う野蒜
踏切の傍の山査子
川向こうの分校の山吹も
冬眠から覚めた
停車場を敷きつめる石畳の隙間にさえ
名もない草の芽が伸びる
改札口の庇から燕が見おろす
お帰り
躇わなくていいんだよ
ホームに降り立った君の鼓動を
軋むみぞおちを
誰も笑ったりしないから

おかえり

照れくさそうなただいまを噛みしめ
君が帰ってきた
変わったことは何もないよ
しいて言えば
学校の裏の小川から
冷たい氷が消えたことくらい
気に病むことはないよ
春の水はもう
君が帰って来たことで
すべてを許しているから
おかえり

夏を待つ頃

駅のプラットホームに流れる
都会には不似合いな鳴き声
人の群は通り過ぎ
スピーカーから流れる聞き慣れない音を
気にも留めない
もう何年も前のことか
山が水蒸気を吐くのは
懐に虹をつくるためだと
深緑の木々をしっとりと潤す乳色の霧が
緩やかに広がるのを見ながら言った
君の言葉を思い出す
この頃いとおしいのは
露草色の空に湧き上がる金床雲

山の奥の廃校に咲き群れる金魚草
あの朝　君と聴いた郭公の鳴き声

雨に打たれに

電光掲示板の天気予報が
梅雨入りを告げる
故郷の山では郭公が鳴き
たんぼで稲の苗が背伸びを始める頃
隣の家の軒下には
夏祭のための忍玉が吊るされ始める
帰ろうか
傘のいらない街を出て
黄金色の麦を揺らす風が
夏の匂いを運ぶ前に
温かい雨に打たれに

乱反射

雪が降った
足跡をつけて校庭を横切るきみを
窓から見おろすぼくを
雪にぶつかった太陽光線が照らす
まぶしくて目をつむっても
くっきりと浮かんだきみを
瞼の奥に焼きつけて

一月

プールに薄い氷が張って
校庭の土が霜柱に浮いた
欅の木が細い枝をたくさん張らして
一月の空を支えている
セロファンみたいな空気が
身体にぶつかって弾ける
冬
皆　ねじを切ったように静まる
春まで誰もここには来ない
目をあけても
何もかもがゆるやかな景色

冷たい雨

きみがいない街で
ぼくは呼吸をしている
あの頃のことは全て
昨日のことのように思い出せても
写真も手紙もきみの物は全て
色褪せてただの紙切れになった
寒い朝
ぼくを濡らして
冷たい雨が降る

透明

きみは吸いこまれるのを待っているみたいに
空に顔を向けて目をつむっている
ぼくの知らない空間で
ゆらゆらゆらゆらゆら浮いている
たくさんの酸素の泡が
水になったきみから立ちのぼる
何もかもがゆるやかで
きみのほかには誰もいない

悲しい行為

人を好きになることは
悲しいことだと
きみに出逢って知った
きみはぼくの中にいる
きみの中にぼくはいない
きみの喜びは
ぼくの悲しみ

空が青くてこわかった

入道雲が崩れた
夏が終わる
きみは遠くに行く
ぼくらは離ればなれになって
二度と会えなくなる
風に飛ばされた帽子を探しに
どこまでもいつまでも歩いた
空が青くてこわかった
前を歩くきみを飲みこむみたいで

知らない帽子

絵葉書が届いた
君の字がまぶしくて
しばらく読まずにいた
僕の知らない所で君は笑う
そこには君が伸びをした
あの原っぱに似た場所があって
僕の知らない友達と
日が暮れるまで遊んでいる
僕のことを忘れたんじゃなくて
ただ僕の知らない帽子をかぶっているだけだ

くりかえす言葉はさようなら

夢の中できみは
なくした帽子をかぶってた
野原のすすきが風に揺れて
きみと一緒にさようならと
大きくゆっくり手を振ってる
さようなら
さようなら
ぼくたちはずっと離ればなれで
再び逢うことはない
さようなら
さようなら
永遠にきみはぼくの中で
さようならと手を振り続ける

別れの言葉をくりかえす

梅雨のあとさき

風が吹いた
雨のにおいがした
君が遠くに行った後も
変わらない日々
この町では
別れはそんなに珍しいことではない
君がバス停に降り立った
まだうんと子供の頃から
ずっと君だけを見ていたと
言えばよかった
君のいない季節をつれて
梅雨が始まる

著者プロフィール

松本 侑穂（まつもと ゆうほ）

東京都出身。
出身小学校の国語教育の一環から、小学生の頃より詩を書き始める。
好きな詩は黒田三郎の「紙風船」、座右の書は『少年詩・童謡への招待』

空が青くてこわかった

2001年10月15日　初版第1刷発行

著　者　松本 侑穂
発行者　瓜谷 綱延
発行所　株式会社 文芸社
〒112-0004　東京都文京区後楽2-23-12
電話　03-3814-1177（代表）
03-3814-2455（営業）
振替　00190 8 728265
印刷所　株式会社 平河工業社

ISBN4-8355-2538-8 C0092